터미널에 비가 온다

시와소금 시인선 · 119

터미널에 비가 온다

정정하 시집

시와소금

❚ 정정하

• 강원 양양 출생.
• 한국방송통신대학교 국어국문학과 졸업.
• 2001년 《문학세계》 신인상으로 등단.
• 시집으로 『안반덕이』가 있음.
• 제8회 강원여성문학상 우수상 수상.

• 전자주소 : jungha218@hanmail.net

두 번째 시집을 묶는다
놓지 못할 운명처럼 따라온 詩業!

작고 소소한 감정들
습관처럼 펜을 들었다
아직 부끄럽다

오랜 시간 나를 다독여 준 詩에게,
나를 묵묵히 지켜주는 가족들에게
사랑의 마음을 전한다

항상 고맙다

2020년 6월 강릉 경포에서
정정하

| 차례 |

| 시인의 말 |

제1부 문희마을

제2부 준범이

제3부 서울 가는 버스

제4부 지구 반대편에 와서

제 **1** 부

문희마을

설악에서

봄과 겨울 사이 설악
산중에 눈은 오래 참고 견딘다

밤새 눈으로 주봉을 가는 길은 희미해졌다
꿈을 꾸듯 암자가 바위틈에 박혀 있다
설악이 바라보는 우리의 미래는 어떤 모습일까
첩첩산중에 이르는 길처럼
스님이 찻물을 다리고 있다
장작 패는 소리가 산을 가르는 겨울
안다고 말할 수는 있어도
다 안다고 말하기엔 너무 깊은
설악도 눈에 갇혔다
문을 열면 방안으로 들어오는
설악을 보러 갔다가
마음만 뺏기듯 노을을 안고
생生이 기다리는 산 밑으로 내려왔다.

철암역驛

태백선 밤 기차를 타고
먹고 살기 위해 왔던
사람들이 쏟아져 들어오고
떠나간 곳도 철암역이다
국밥집 아주머니의 대파 써는 소리로 하루가 열리고
가슴 뛰는 낯선 땅에서 뜨끈한 해장국으로
땀 냄새가 든든했던 아재들

이제는 광부라는 이름이 남긴 폐광
떠나는 기차는 할 말이 없다
기차는 서지 않아도 추억을 품고
허전하지만 초라하지 않다
시간마저 검게 흐르는
하늘과 마주 섰던 철암
두렵고 설레었던 젊음이 눈앞에 그려지듯
기억도 여행이니 오래 머물지 않을 것이다
허리 펴는 것마저도 사치였던 시절
겁도 없이 살던 영화는 사라지고

그 길 끝에 무뚝뚝하게 서 있는 철암역
기차는 괜찮다 괜찮다고 기적을 울리는

문희마을*

밤하늘이 이렇게 환하고 아름답다니
별들의 고향 같다

사는 일이 물수제비 같을 때는
문희마을 느티나무 강가에 서 볼 일이다

비오리는 초저녁별 속으로 오종종 들어가고
자줏빛 저녁은 나를 데리고 걸었다

저녁의 새들이 꿈을 고쳐 꾸는 동안
강가에 줄배는 어둠으로 태어났다

흘러가는 물소리를 문질러
강물은 자꾸 기억을 펼쳐 주는데

산다는 것은 가슴 애린 일이라고
밤이 새도록 잔별들이 일러 주었다.

* 평창군 미탄면 마하리

문곡역驛

떠난 엄마 얼굴이 문곡역 깃발로 꽂혀 있다
눅눅한 불빛 아래 코밑이 까만 예닐곱 속울음 달래느라
역무원 아저씨 매일 빨간 넥타이를 맨다

돌아올 기약 없이 떠난 엄마
추전역을 넘어온 기차를 타고 밀서密書처럼 날아간
뉴똥치마 같은 노을이 더 쓸쓸했던 기차는
두문동재 그 언덕에서부터 시작했는지도 모른다

촉수 낮은 가로등 몇 점 아래 늘어뜨린 어린 기억
그 기억은 저탄장 차양막에서 풀려난 끄나풀처럼
외로움이란 표정의 수위를 조절하고 있다

서둘러 떠난 태백선 무궁화호 열차가
연화산 허리를 끊어먹고 사라질 때까지
생철조각 불끈 내지른 돌각담 밑에 쭈그리고 앉아
구겨 넣는 튀밥은 엄마의 얼굴로 입속에서 맴돈다.

강릉선 KTX

지난 시간을 기억하고 있는 고요가
되바라지지 않은 마음으로
무뚝뚝하게 동쪽 바람이 마중 나와 있다
가슴을 간질이는 은빛 물결과
금강소나무 숲에 새소리가 데려다 놓은 산토끼
백두대간이 천 년 전에도
그랬을 이 좋은 세상
그대 어서 오라고 설레는 동풍 위에 해가 뜬다
다시 짙은 젊음으로 힘을 보태는 강릉선 KTX

감포항

나의 남루檻樓를 털고
하평에서 호미곶을 지나 감포로 간다
파도처럼 왔다가 떠난 사람 누구인가
산비탈에 참꽃이 죽자고 피었다
바위에 부딪치는 파도 소리 서러워
지난 가을 갈대들 뻣뻣한 목을 꺾고
지는 해는 울림이 길다
우주의 비밀을 한 자락 본 듯
앞이 보이지 않을 때
쓸쓸한 날이 위로가 되는 날도 있다

한때 나를 스쳐 간 음악
폴모리아 〈에게해의 진주〉가 더 잘 어울릴 것 같은
감포항 카페 〈왕릉〉
카페 이름을 왜 왕릉이라고 지었느냐고 물으려다 말고
찻잔이 비었는데도 나는 한참을 더 앉아 있었다

감포항은 또 누군가를 기다리며
뱃고동 소리 하나 멀게 떨군다

감추사甘湫寺

동해를 배경으로 내달리는
무궁화호 열차 기적소리 들으며
철둑 밑에 절寺 하나 산다

촛불 꼬리 끌리는 바닥에서 퍼 올리던 백팔배百八拜
새파란 젊음이 그려지는
그 여백은 푸르다 못해 차라리 검어
가난한 인연이 아프다

짧은 생을 살다간 아내를 이곳 바다에 묻어 주었다는 기관사
그는 아내 들으라고 이곳을 지날 때마다 기적을 울렸다는,
다시 천년이 온다 해도 깊고 고요한 바다
기적이 울 때마다 바다는 하늘로만 문을 열어 놓았다

산다는 것은 황혼을 들여다보는 것
주근깨 서러운 참나리 꽃
바다 쪽으로 기운 소나무에 애써 기대며

"이젠 보내시우, 산 사람도 살아야 되지 않겠우?"

왼 종일 기적소리 기다리며 가늘게 물결 지는
넓고 넓은 바닷가
감추사 가는 길은 늘 가팔랐다.

* 동해시 용정동 바닷가에 있는 사찰

담양

천 년 전에도 흘렀을 밤 공기
목가적牧歌的인 남도 풍경 차분하다
시간이 멈춘 듯한 가사박물관
지금은 가고 없는
옛사람들이 남긴 발자취는 영산강만큼 깊고 길어
그 틈에서도 옛날 얘기하기 딱 좋은 밤이다

도화지를 접었다 편 듯
물 위에 떠 있는 구름 한 폭
그 안에 풍경들이 살고 돌담을 뚫고 야생화가 피었다
꽃처럼 들려오는 남도 아리랑
사랑도 있고 이별도 있어
대통 밥으로 음률을 맞춘다
그 맛에 모나리자도 웃음 짓는다고
대나무로 만든 밥그릇이 첨단 시설 같아 보였다

울릉도

거기 있는 줄 알면서 그리운 것은 무엇 때문인가요?

밤배에 매달린 어화漁火처럼 외롭지 않다더니
그대 목소리인 듯
몇 겹으로 밀려오는 파도 소리에 내 마음이 글썽거려요
가 닿을 수 없어 슬픔처럼 갈매기가 날아올라요

바다에 빠진 달빛이 코를 골면
아직 설레임으로 별이 총총 뜨고 있나요

자욱한 갈매기 소리에
봄밤의 달빛을 잘 견디고 있나요

바다라는 담장에 갇혀
파도 소리에도 가슴 베인다는
내 가슴에 늘 떠 있는 그대

경포 습지 가시연

주름진 초록
어느 고대국가의 족적처럼
고여야만 피는 잎들 저만치 어둠 받아 안으며
뿌리[根本]를 챙겨 들고 나온 저 장문長文의 가시
오십년의 적막을 뚫고 하늘 향해 집을 지었다고
댕기흰죽지 오리 한 쌍, 문장 몇 줄 거들고 날아간다

말발굽 같은 반세기의 족적
묵었던 논에 눈꺼풀처럼 드리워졌다
살 찢으며 나온 초경의 흔적처럼
뾰족하게 내민 저 붉은
그 흔적 부끄러워
살 하나 부러진 우산 펼쳐놓고
그 작은 그림자에 고개를 묻던 친구에게
편지를 쓴다,
경포 습지에 가시연이 피었다고

남애 포구

통통배 나부끼는 깃발 펄럭이며
포구로 들고 있다
언덕 위 조그만 교회당
천지만물을 창조하신 그분이
안에 계실 것 같은 높다란 종탑
연분홍 벚꽃이 그분의 마음처럼 한참 피었다

아롱 젖은 옷자락처럼 내 마음도 젖어
포구를 내려다보노라니
선창가 고동 소리 옛님이 그리워도
후딱 지나간 세월은 어쩔 도리가 없다
군둥내 약간 나는 동치미 맛에 스러지는 옛이야기
세상이 변하고 입맛이 변해도
밥상은 봄날같이 환하다
포구가 내려다보이는 언덕
달고 매운 시간도 있었을 테지만
사람들의 표정은 맛있다.

공수전* · 2

문틈에 꽂아 놓고 싶은 가을 햇볕 비스듬히
검은 염소 등줄기 타고 내리면
돌치기 모퉁이 완행버스 긴 꼬리에 매달려 돌아간 저녁
소의 눈빛 같았던 또래들과 휘이휘이 다니고 싶은
젊은 아버지가 감을 따던 감나무가 있고

"야덜아, 감 받어라"

소리치면 달려가 감을 받던 내가 있고
산등성이 별빛이 내 머리 위까지 흘러내리면
들길에 늘어선 코스모스 꽃잎에 맺히던 이슬

젊은이들은 없고 어른들만 남아
삶의 속도를 낮추고 바라보는
감자밭과 붙어 있는 집
식구처럼 여겨지는 감나무 그늘
산다는 것은 다친 손목처럼 시큰거리는 일이어서
첩첩산중에 길을 낸 것은

세상으로 나가기 위한 것만은 아니었으리
아잇적 감꽃 향기 설레는 약속 같은 안부를 듣고 싶은
저 산 너머 뭉게구름 한 조각

* 양양 남대천 상류에 있는 마을

정동진

기차에서 내려 여기가 정동진이냐고 묻는
젊은 연인들
머릿결을 뒤로 날리며
생전 처음 와 본다고 깍지 낀 손을 풀며
하이파이브를 외친다
참 좋을 때라고
바다를 버리고 천지사방으로 흩어지는 자욱한 갯내음
갈매기가 꽃 이파리처럼 날고
파도 소리는 더욱 크게 들린다
멋쩍어하며 쓸쓸해진 정동진역
적막한 의자에 앉아
올 사람도 없는 기차를 기다려 보는 것인데
그러다 문득 젊음을 떠 올려 보기도 하는
세월 속에 마모되는 기억들은 어디에 깃들어 있는지
이젠 내 얼굴마저도 낯설어
초점을 맞추듯 안경을 고쳐 쓰고 지난날을 외워 보기도 하는
그대를 사랑한다는 것은 가슴 아픈 일이어서
어제가 오늘처럼 여겨지는 기억들이 함께 딸려 나와

파도가 대신 울어주는 바닷가
파도가 모래에 스미듯 나에게 스며 왔던 날들
그 날들을 보내주고
내가 내 안에 갇힌다.

사북 · 2

함백산 아래
아빠! 오늘도 무사히!
휴게실은 말없이 주인을 기다리고 있다

생生과 사死의 무거운 생각
그 검은 노다지가 다이아몬드 아니었을까
검은 얼굴에 하얀 이를 드러내며 웃던,
석탄만 캐 오는 것이 아니라
오늘보다 나을 것이라는 내일을 캐 왔다

온몸에 탄가루를 쓰고도 행복했던 기억
따뜻한 연탄 한 장이 되어
눈꽃보다 더 고운 아버지는 그 자리에 계신다
석탄 더미가 산처럼 쌓여
분탄 가루가 사막의 회오리바람 같아
시간마저 검게 흐르는
목숨을 걸어야 살 수 있었던
인생 막장이라 불리는 선탄부

검은 분진들이 혈색마저 먹어버린 몸으로
가난이란 지붕을 혼자 들어 올렸다.

선자령仙子嶺

선자령*을 올랐습니다

늦가을 야생화가 웃어주고 새들이 박수를 쳐 줍니다

싸한 바람이 축복처럼

잎 다 떨군 나뭇가지를 살짝 일으켜 줍니다

이 산골짝을 서성이고 있는 나는

끌려다니는 삶을 살기만 해서일까

산속이 적막 합니다

한寒기가 비집고 들어와 물고 늘어져도

돌아오지 않을 청춘이여

글을 쓸 때만 만날 수 있는 첫사랑

이번 생은 글렀지만 오래 남을 것 같습니다

떠난 새들이 돌아오지 않아도

그대를 사랑하는 마음은

손목이 부러져도 놓지 않겠다고

몇 잎 남은 갈참나무 이파리에 편지를 써 봅니다

* 선자령 : 계곡이 아름다워 선녀가 아들을 데리고 와서 놀다가 하늘로 올라갔다는 전설. 강릉과 평창 경계 백두대간 등줄기.

흑산도

푸르다 못해 검게 보이는 흑산도는
우두커니 서 있는 길로 다리를 뻗었다
인심에 취하고 정情에 취하는 오후
묵은 살[肉]내 풍기며 늙어가는 집
할머니 일생이 입던 옷처럼 걸려 있다
기억, 외로움에 익숙해진 걸까
아직 끝나지 않은 노래에
끼어든 빗줄기가 오래오래 아팠다
부지런하면 쓸쓸함의 무게도 가벼워진다는데
시간을 캐묻듯, 세월이 빚은 할머니 주름살
속 살 내주고 빈 소라껍데기처럼 우우우
파도 소리에 몸을 씻는 소리 한 자락
꾸역꾸역 넘기는 모습이 아려
흘러가는 봄날이 서럽지 않도록
나는 바다에 바람 하나를 던졌다
자식들이 안 오는 원망보다 못 오는 딱함이 앞서는
할머니 눈은 섬마을 모퉁이를 더듬으며
희망처럼 처마 밑으로 개를 옮겨 맸다.

내소사來蘇寺

솟을 모란꽃문살
향기 벗고 단청도 벗은

전나무 숲길을 지나
기억의 등뼈 같은 낮달 아래
오래도록 그리워한 이별 돋아나는

멧새 포르르 꽃가지 당겼다 놓았던가
흔들리다 조용해지는 꽃가지

저녁 운판 소리 넌출지는 내소사
솟을 모란꽃문살 무늬로 가슴에 박혀 있는
사람아, 내안의 먼 사람아!
꿈 밖인 듯 가을 전나무 숲길이 멀다.

목포

목이 메는 가락이 노래가 되는
목포는 유달산에서 시작된다
사금파리처럼 빛나는
'목포의 눈물, 을 눈물 없이 불러 보는 동안
세상의 소리는 사라지고
물결 소리만 들리는 신비한 바닷가
먹이를 찾는 새들이 하늘을 뒤덮고
호들갑스런 갈매기의 언어는 알아들을 수 없지만
영혼이 살아 있는 노래 같다

시간의 시작과 끝이라는 바닷가에서
파도는 수없이 밀려와도 똑같은 파도는 없듯
마을을 지키는 뱃고동 소리는 어디까지 흘러갈까
태양은 구름장 너머로 가 버리고
나를 알고 있다는 듯
허리 굽은 초승달이 내다본다.

제 **2** 부

준범이

오월

뻐꾹 소리 산을 넘어오는
오월 어디쯤에서
첫사랑과 이별을 하고
바닷가 조그만 마을에 왔다
귓전을 맴도는 아침바다 갈매기
미처 지우지 못한 이별을 데리고
못 견디게 견디는 오월

나도 누군가의 파도가 되어
출렁, 외로움을 보냈으리
흘러간다는 것은
그대에게 가는 길이 있기 때문이리
물속만큼 깊어진
뱃고동 소리는 혼자 목이 쉬어
어디로도 흘러가지 못하는 나를 돌려 세웠다
오월, 번지는 그ㆍ대

터미널에 비가 온다

터미널에 비가 내린다
어느 한 부분을 잃어버린 것처럼
너를 보내고 길목마다
창에 어리는 모습 간절하다
버스 창밖 어미의 그 손사래 속에
지나온 길들이 울컥 쏟아진다

네가 발랄하게 흔드는 손이
오늘따라 가슴을 훑는다
지나온 저편 기억만이
차창에 빗물처럼 흘러내린다

나를 부르는 것 같아 뒤돌아보면
버스는 그렁그렁 빗방울 매달고
대관령을 넘어간다
길게 늘어 난 길을 따라간다
이젠 아무것도 그립지 않다고 끼워 넣는
그 공백에 네가 살고 있구나

힘껏 밀어주지 못한 마음으로 너를 보내고
비가 오는 터미널에서
내가 시집오던 날만큼 울었다.

제비꽃
— 딸

"챙겨서 드시지 그래요!"

나는 먹던 밥상을 치웁니다
잔소리꾼 딸이 왔으니까요

약해지지 않으려고
한참 동안 딸아이의 말을 들어 줍니다

또록또록 떨어지는 맑은,
빈말이라도 희망을 얘기하는 불빛입니다

입덧으로 먹고 싶었던 찐빵을
아직도 못 잊는 것처럼

언젠가는 날아갈
새끼 제비 없는 밥상을 눈 속에 그려 넣습니다

고슴도치가 된

나의 마당에 어느새 가을이 깊어집니다

그래, 밥 먹자
밥상을 다시 펴는
—니가 있어 참 좋다.

어머니 · 3

어찌 살았다!
포탄 떨어진 자리에 곡식이 자라는 것을 보면서
"용하기도 해라"하시던
어머니가 빚고 싶은 것은 아버지가 좋아하는 술이 아니라
자식들의 행복인 것이었다

"자고 낼 갔으면 좋겠다"며
따라 나오시던 어머니도 떠났다
어미가 된다는 것은
산동네 눈이 푹푹 쌓이듯
속을 내어 주는 것
쪽진 머리 곱던 어머니 계신 듯
눈이 온다.

준범이

준범이는 내게 와 준 세상에서 제일 큰 손님이다
말이 늦다고 걱정을 했는데
세 돌이 지나자 못 하는 말이 없다

가끔 집에 다니러 왔다가 갈 때면 저도 뭔가 섭섭한지
자꾸 뒤돌아보며 간다

지난번에는 왔다 가면서

"할머니 같이 가자"

그 여린 꽃잎 속에서 나오는 바우 같은 말
내 오목가슴을 눌렀다.

『당신은 내 운명』 TV를 보며

산골 뜨락 노부부
남편은 전쟁터에서 한쪽 다리를 잃고
아내는 어릴 때 한쪽 눈을 잃었습니다

오토바이 포롱포롱 잘 굴러 갑니다
들에서 돌아온 남편 얼굴을
어린아이 씻기듯 합니다
그 사랑에 무너지는 남편은
멋쩍은 생각에 아내 입에 밥을 떠 넣어 줍니다

영감은 할멈이 있어 좋고
할멈은 영감이 있어 좋다고
다리가 되고 눈이 되는

한 곳을 바라보는 뜨락의 신발 세 짝은
아픈 데 없이 살다가 다음 生에 또 만나자고
신발 두 짝은 다소곳하게 한 짝에 기댑니다

"저 세상 갈 때 꼭 나 데리고 가시오
 그래야 밥 해 주지"

할머니는 흩어진 밥알처럼 웃습니다.

뒤돌아보는 먼 섬

늦가을,
뱃머리 귀퉁이처럼 쓸쓸한 날
통영에서 욕지도로 간다
알뜰한 약속도 없이

한 동네에서 나고 자라
볼 것도, 잴 것도 없이 결혼했다는 부부
서로 걸려들었다고 말하는 짓궂은 농담에
눈웃음의 추파秋波도 꿈도 이젠 포기하고
그 자리에 현실을 채워 넣는다고 하니까
여객선 껄껄 웃으며
조금은 미안한 듯 뱃고동을 울린다

그대여 파도치지 않는 삶이 어디 있으랴
하늘 한 귀퉁이 차지한 무지개처럼
풀리지 않는 그리움을 앓게 하는
남해만灣 놀빛은
먼 사랑을 불러 와 목울대 뜨거운

추파秋波라는 말을 꺼내 다시 만져 보는
마음 안으로 빛이 든다.

엄마의 달력

엄마의 달력은
삼백예순 날이 팽팽해져 막막했으리
그믐처럼 캄캄한 저녁보다
찰랑, 이슬 맺힌 아침이 더 막막했으리

날이 저물어도 저물지 않는 첩첩산중 같은
그러나 지금 생각하면 저미는 가슴께로
답장을 쓰듯 한 줄기 바람이 지나간다

"잘 될 거야"
흙 묻은 손으로 등을 밀어주던 그 말이
껍질도 없이 왜 이리 오래 아픈지
생의 끝에 섰을 때나 생각나는 그 말
달력과 조우遭遇하고 앉아
굽은 등을 생각하는 흐린 저녁
식은땀을 꺼내며 가끔 소다가루를 먹던 엄마,
아직도 쿵쿵 가슴에 남아
산 그림자가 고요히 시계를 맞추면
어머니의 그림자가 더 길어진다.

길목

내 어두운 영혼에 잠시 머물다간 그대여
빗쟁이처럼 올려다본 밤하늘
별똥별도 흐르지 않는 밤을 걷는다

절반의 어두움 기댈 곳 없어
이게 사람 사는 일이구나, 생각할 때
기다림은 기다림에서 가장 멀 듯
떠날 사람처럼 우두커니 서 있는
어둑발 내린 길모퉁이 찻집

토니 달라라의 짙은 음색 『라노비아』
아다지오 음계로 길목을 맴도는
내 마음의 아베마리아여

어둠을 뚫는 멀리 젖은 기적소리, 그 여백
눈동자가 시리도록 참, 많이도 아프게 새던 밤
내 생의 뜨락에서 그대,
잊을 수 있을는지 아득합니다.

옛날식 난로

옛날 청이라 하는 나라, 느릿느릿 비 오는 밤
찢기는 설움으로 거처 없이 떠나온 우리 선조들
척박한 땅에 천년처럼 살리라
뜨거운 발바닥으로 살아온 날들
얼마나 많은 고개를 넘어 이곳까지 왔을까

양쯔강은 자막字幕처럼 흘러간다
곤한 삶을 알면서도 밤은 갔다
줄 맞추어 날아가는 철새를 바라보며
흩어지지 않으려고 삐뚤어지지 않으려고 마음 다졌으리

굳은살 박인 노동은 한뎃잠을 자지 않으려고
저물어가는 한 시대가 당당했으리
어둡고 추운 어깨로 목숨 줄 하나 벼려 온 것은
언제나 그랬던 것처럼
팽개치지 못한 양심의 근본根本을 한 채 안고
옷깃에 묻어간 조국의 뜨거운 입김을 생각했으리

세월이 가고 세월이 오고 세월의 풍경 탓인지

낯선 땅에서 만난 옛날식 난로가 정겨워

봄이 오듯 눈물이 무작정 왔다.

봄

—故 김현숙 시인

볼 것이 많아 봄이라는데
그대 연두를 보고 있나요?
공단 다리 건너
옛사랑처럼 추억만 짙은 3주공아파트
며칠만 있으면 온다고 하더니
약속은 무디어지고
저 높은 곳을 향해 국화꽃 더미 속에서
환한 미소만 사진으로 보여주는

바람결만 기웃거리는 그대 집 앞
어깨를 다독여주던 이팝나무는 꽃그늘을 넓혀가고
안목카페 커피 향도 그대로인데
사랑했던 마음보다 그리워해야 하는 세월만 남았군요

잘 가라는 말도 못 하고
입안에서 굴려보는 그리운 이름
새벽보다 더 밝은 곳에서
그대, 이젠 아프지 말고 평안하시라고

꽃이 피네요

받은 게 너무 많아서
그냥 이름만 불러 봅니다.

저물어갈수록 빛나는

때론 바닷가 찻집에 와 보는 것인데
아픈 것들만 물결이 되어
그대에게 갈 수 없었던
풍경은 얼마나 슬픈 제목인가
슬픈 것이 어찌 사람뿐이겠느냐고
수조水槽에 맺힌 물방울이 아는 체하며 흘러내린다
바다에 스민 겉늙은 사람들을 보며
찻집도 가슴 아프겠다

파도도 치지 않는데
울렁이는 물결을 어떻게 읽어야 할까
나도 나를 읽을 수 없어 나이를 먹어 가는데
오래도록 떠나지 못하는 그 이름처럼
갯바위 옆구리에 물파래가 파랗게 돋았다

저물어갈수록 내 생生의 수평선에
저녁놀로 은은하게 가슴에 스미는
늘 그리운 사람.

12월, 호수에 떠가는 배

마음속으로 배 한 척 흘러드는
호숫가를 걷는다
저물어가는 12월

호수 건너편 쌍둥이 빌딩 이름을
월파정月波亭 불빛이 읽어 준다
진안상가 건어물집들이 하나둘 문을 닫는다

오지 않을 사람을 기다리듯
몇 잎 남은 벚나무 이파리
붉은 얼굴에 밤이 고인다

해는 저문 데 두둥실 두리둥실
'사공의 노래*' 배를 몰아간다
너무 먼 곳에 있어 할 말을 가슴에 묻어두는
밤[夜]
야윈 별빛이 호수를 어루만질 때
호수 밖은 어두워 나를 맬 곳이 없다.

* 경포호수 입구에 오백 원 동전을 넣으면 '사공의 노래'를 들을 수 있는 곳이 있다.

지상에서 가장 슬픈 약속

지상에서 가장 슬픈 약속*은
생명의 위험을 무릅쓴 한 남자의 처절한 사투를 다루는 소설로
로웬 대위와 수잔나의 사랑 이야기다

그대 먼저 읽고 난 책
맨 뒤 낱장에 골똘한 표정으로 적었을
입원과 치료 기간이란 그래프가 그려져 있다
그 공허한 막대그래프 끝에 5월이란 숫자가 적혀 있다
5월, 병실 창가로 엄습해 오는 햇빛과 아까시 꽃향기가
시한부, 그에겐 어떤 위로도 되지 못했을 것이다
왜 아픈지, 의문조차 품을 겨를 없이 그는 병을 키워갔을 것이다
A4용지 반장만 크기에 무엇을 적고 싶었을까
입원과 방사선이란 문구가 희망처럼 달려들었을까

눈빛에 더 많은 말을 품고
어떤 위로도 위안이 되지 못해
손끝에 닿는 뼛속의 체온으로
숨소리의 평온함이 하고 싶은 말이었으리

담장을 쌓을 때 잔돌을 괴듯, 다시 괴어 보는
불혹不惑을 부록附錄으로 안고
아무것도 생각나지 않던 그 해 봄
사랑이란 슬픈 약속인 것을

＊리차드 휠러 지음. 류승완 옮김. (홍익 출판사)

옛길 반정半程*에 올라

한 번 흘러가 돌아오지 않는 세월을
가로질러 너무 멀리 왔으므로
가팔랐던 마음 데리고 옛길 오른다
골똘해진 오후 구름이 빠르게 지나가고
서어나무 밑둥치는 최초의 지구처럼 검다

산비둘기 소리 구욱 구욱 산을 넘어오는데
그 소리 내 마음에 옮겨붙는다
산동네 폭설 쌓이듯 마음이 만들어 낸 젖은 마음은
때죽나무 꽃숭어리처럼 매달렸다가
사소한 생각처럼 굴러떨어진다

나를 바라보는 숲
골 깊은 산속에 안겼다 풀려나가는 물소리와
나에게도 갈 수 있는 길이 있어
제비동자꽃이 피고 붉은 머리 오목눈이가
가느다란 목소리로 노래를 불러주어
우주의 온 기운을 다 받은 것처럼

저녁놀 사위는 반정에서 부유浮遊하다
오늘도 하루 치의 생生을 축냈다.

* 대관령 옛길(강릉 바우길 2구간)

7번 국도

7번 국도
해무로 다가오는 둥근 저녁
하지 못했던 말을 일러바치듯
새 떼들 날아오르는 일을 바라본다

과속방지턱에 얹혀도 바삐 달리는 세월
노을 저쪽 삶도 파도치기 마련이라고
구간단속에서 네비게이션은 나를 단속한다

내 마음에도 연약 지반은 있어
사춘기 아이처럼 귓불 붉은 추억
차마 말하지 못하는
하여, 뒤돌아보니 오래 쓸쓸해진 날들
내 마음속에 길 하나 내지 못하고
붉은 신호등 깊은 침묵 앞에 멈춰 섰을 때
아파하지 마라, 섬처럼 떠가는 한 떨기 구름

7번 국도

가슴에 깃든 길이 와락 쏟아졌다

지평선에 붉은 노을 사라질 때까지 돌아서지 못하고

둥글어지는 저녁에게 기대고 싶었지

기대고 싶었지…

女

양반 다리를 하고 갓을 쓰고 앉아 있는
만물의 시작인 女
시대를 따라 위대한 존재로 인식되는

女라는 몸을 쓰고 살아오는 동안
울 곳이 없어 울어 보지 못한
돌아오지 못할, 무심히 떠내려가는 생生
처음부터 엄마였다는 듯
오로지 한결같은 꿈으로
두근거리는 심장 모르는 척 낡아간다

우주와 인간이 만나 바람의 끈으로
군더더기 없이 맑게 끌어 올려 쓴, 女
갓의 테두리처럼 가만히 앉아 있으면 눈물 나는

새들은 제 이름을 부르며 운다고 한다
차가운 달빛 아래
나도 엄마, 엄마 부르며 운 적 있다.

곰 곰

불면不眠이란 참 고되고 쓴맛이다
독한 감기에 걸려 목이나 뎁힐려고
중국 여행 때 사온 보이차를 끓여 저녁 내내 마셨다
잠이 안 온다
커피는 아예 불면증 때문에 안 먹는데
무엇 때문일까 곰곰 생각하는데
아하! 너였구나
너의 혼魂이 깨어 넌지시 나를 적막寂寞에 가두었구나
수술자국처럼 돋아나는 생각들
이젠 내 몸도 내 마음 대로 안 된다는 것을
밤을 꼽박 세우고 알았다

바람이 새벽이라며 장미꽃 넝쿨을 잡아 흔든다.

제 **3** 부

서울 가는 버스

벚꽃

냄새만 흔들리듯 피어서
하염없이 바라본다

호숫가 물의 뒤척임을 바라보며
삶의 모퉁이가 벚나무 껍질같이 슬퍼지는
세월의 뒤쪽은 상상하지 않기로 했다

꽃은 피었다가 굴러떨어지는 게 아니라
때론 나비가 된다는 것을 생각한다
먼바다로 떠났던 해는 어김없이 돌아오듯
그리움을 숨기지 못한
나무가 마지막이란 듯 뿜어낸 저 용기

오래된 나무도
꽃을 피우는 것은 청춘이기 때문이다.

팽목항, 민들레

노을의 울음을 잠재우려고
일몰이 찾아드는 팽목항
바람에 나부끼는 민들레 꽃잎처럼
나폴대던 모습은 간 데 없고
너의 꿈같은 싯푸른 물결만 출렁인다

스님의 바라춤이 잔향처럼 울려 퍼지는
2019년 4월 16일
네가 보고 싶어
날도 차지 않은데 눈이 시리다

바람의 목소리가 서늘한 팽목항
저녁 하늘보다 무겁게 느껴지는
덩굴 같은 물결이 인다
그 많던 노란 꽃들은 다 어디로 갔나?
빛바랜 안전모만 눈에 띄고
전단지처럼 뿌려지는 갈매기들 사이로
걸을수록 바람이 두꺼워진다

나는 오늘 한 마리 철새로 왔다가

길가에 떨어진 돌 하나 집어

괜히 시비를 걸어 본다.

살아온 시간이 모여 노래가 됩니다

노부부 양지 툇마루에 앉아
콩 씨를 고릅니다
할머니는 잘 고르라고 잔소리를 합니다
내가 잘 골랐잖아, 당신을…
싱거운 농담을 건너뛰면 심심한 할아버지
힐끗 쳐다보며 씨익 웃습니다
할머니의 주름진 손을 슬쩍 잡아봅니다
사랑이 손으로 전해진
안목眼目이 상당한 할아버지는
잘살아보자며 먹던 국수 가락처럼 웃습니다

앞산이 방안으로 들어오는 산골
사람들은 떠났어도 꽃들은 남아 꽃을 피웁니다
구름장 너머 해가 숨어
청춘은 돌아오지 못하나 봅니다
마을 어귀 당산나무는 말없이 서서 나이를 먹어갑니다

"내가 잘 골랐잖아, 당신을"

그 말이 맘에 들어

할머니는 냉장고가 비었다고 딴청을 피웁니다.

오일장

풋배추 두 단 하루해가 저물어도 팔리지 않는다
가뿐해 보이지만 녹록치 않는 삶
들기름 두 홉들이 한 병 칠천 원
고추모 한 포기 오백 원
십오 년 된 낡은 밥주걱이 한 자리 차지하고 있는 선술집
뱅뱅두리에 막걸리를 따르는 소소한 시간

꽃들만 드문드문 피어 오래도록 지지 않는
색이 바랜 간판 하나
〈시계고칩니다〉
남의 시간은 고쳐 내면서
내 시간은 살려내지 못하는 시계방 할아버지
코라도 낮게 골아 주는 할머니가 고마워
선물 하나 사 주고 싶은 할아버지

"할멈, 골라 봐!"

연분홍빛 머플러를 비밀처럼 두르고

조수 역할을 하다 오수午睡에 말려드는
할머니를 물끄러미 바라보며

"내 맘 같아서는 저 세상 가서도 만났으면 좋겠구만
그런 복이 있을라나!"

앞니 빠진 백일홍 꽃같이 웃습니다.

우산 두 개

비 오는 날
우산 두 개 비를 맞으며 걸어갑니다

할아버지는 깜장 우산
손자는 노란색 바탕에 토끼가 언제든
내 뛸 모습으로 그려져 있습니다

길을 가다 물웅덩이를 만났습니다
할아버지는 한걸음에 건너뛰었습니다
그러나 손자는 쩔쩔맵니다

할아버지는 조근조근 말해줍니다
빙 돌아서 오라고 손으로 원을 그립니다
손자는 아~ 고개를 끄덕이며

"할아버지 엄청 잘한다~"

둥글게 날아가는 우산 두 개
둥근 지구를 굴리며 갑니다.

서울 가는 버스

서울 가는 무정차 버스
옆자리 앉은 할머니 어딘가 전화를 하신다

"야야 버스가 중간에 스지도 안코 바루 간단다
뻐스도 깨깟하고 참 좋다야~
오냐, 끙가리도 꼭 짜맸다"

찬물에 풀어진 밥알 같은 할머니
아들을 만지듯
전화기를 감싸 쥐고 안부를 묻는다

"아들아 잘 계시는가?"
뒤집는 온몸에서 군둥내가 났다.

그녀와 캐리어

멀리 논에서 눈썰미 고운 황새가
가끔 고개를 주억이며 저녁을 줍는 들녘이다

한여름 오리털 점퍼를 입고 전봇대에 기대앉은
헝클어진 머리카락보다 가여운 작은 체구體軀
한쪽 바퀴가 떨어져 나가 절뚝이는 캐리어가
하고 싶은 말이 있다는 듯
그녀의 뒤를 따르고 있다

비스듬한 전봇대에 기대앉아
어제를 기억하는 캐리어를 펼쳐놓고 흥정을 하듯
잡동사니 속에서 꺼낸 든 빛바랜 사진 한 장
사진 속 신랑 각시는 박제된 듯 곱다

그 세월을 어디에 두고
이 바람 부는 벌판을 홀로 나섰을까

그럴 수 없더라, 그럴 수가 없더라

밖을 내다보는 어린 달이
외딴 저녁 하늘에 밥상처럼 차려져 있다.

돛배 한 척

이른 저녁 먹고
송정 버덩을 걸어 물 구경 간다

술에 절어 사는 옆집 사내
두 홉 들이 소주병 숙제처럼 손에 들고
보이지 않는 장충당 공원을 오른다
그곳에 닿아야 속이 풀리는 듯 허밍으로 간다
술병 모가지 밀서密書처럼 감아쥐고
가슴에 키우던 오래된 곡조
제기랄, 빌어먹을 · · · · · ·
그의 입은 늘상 기우뚱해져 있다

사람들은 주정뱅이라고
아직도 저러고 사느냐지만
자신과는 무관하게 다 떨어먹은 고리짝 같은 뼈대 이야기를
소주병으로 병나발을 분다

걸을수록 꼬이는 발걸음, 생각들

노을빛에 출렁이는 돛배 한 척
무엇이 생각난 듯
깨꽃처럼 벌떡 일어나 출렁이며 간다

오래된 풍경

한물간 유모차에
올망졸망 잡곡 자루 싣고 와
아파트 담장 밑에 난장을 펼쳤다
노인들도 이곳 풍경처럼
오래된 곳에서 왔을까

부르는 게 금이다
넘쳐나는 수입산 때문에 이 짓도 못 해 먹겠다며
라면 박스 대충 오려 북한산이라 쓴 밑에
통일되면 한국산이라 쓴 삐뚜름한 글씨가
난장을 푸르게 일으켰다

하루 종일 단돈 만 원을 쥐어도
흥정이 끝나면 먹던 밥알같이
껄껄 웃으며 정은 깎지 않았다

생일날 며늘애기가 사다 준 옷이라며
미풍微風에도 부풀어 올라

살짝 뒤집힌 옷자락에서
아들 자랑만 쏟아지는데
봄날은 무단횡단으로 봄을 건넌다.

그리움의 종착역
— 남해 독일 마을

물건항이 내려다보이는 언덕 빨간색 지붕이
싱그럽게 살아 있다

꽃다운 나이에 광부가 되고, 간호사가 되어
삶이라는 파도 앞에서
당당한 여유가 산山 같다
일출로 시작했을 그들의 걸음이
어느새 해걸음이다
생명의 줄기처럼 이어지는 골목
떠났다가 제자리로 돌아오는 시곗바늘처럼
청춘과 황혼이 겹쳐 추억으로 깃든
도전, 그 아름다운 여정에
밤에도 피는 달빛

낮은 담장 너머 친척집 같은 몇 채의 집
사랑 님을 따라 온 곁님
저녁놀에 어리는 푸른 눈의 향수鄕愁를 차마 묻지 못했다.

헌화가

사월 언저리에서 그대에게 편지를 쓴다
안개빛 물결 가슴에 이는 열여섯 봄날 같은

꽃이 진다 해도 두 손 맞잡고 구릉을 넘자고
햇빛에 달구어진 바윗돌 같은 마음으로
초록빛 꿈을 꾸며

지난겨울 눈보라에 맞선
묵은 갈대는 놔두고 새잎 돋은 갈대
푸르스름한 미명이 아프지 않다

달빛 은은하게 물결 질 때
그대는 나의 등짝에 지그시 달라붙는 통증이었다가
나를 다독이는 빛이었다

상현上弦달도 제법 밝을 때, 그대 오신다면
절벽에 기대 핀, 가늘디 가늘은 꽃술 바람에 부풀 듯
노래 한 소절 꺾어 불러드리리.

도라지꽃

푸른 하늘이 든든한 배경이라고
철심 같던 방식은 늘 힘껏 부르는 찬송가 같았다
들이키던 찬물같이 다 써버린 몸
가녀린 꽃대궁 속에 굴뚝새라도 살고 있는지
덤불 속을 잘도 걸어 나왔다
마음대로 휠 수도 없는 꽃대궁
잎사귀 뒤에 돋은 소름까지 간직해야 했다
산등성에 까치놀로 떠 있는 아픔도
초록을 버리고 간 오래된 사랑도 겹쳐 피었다
그 세월로 돌아가고 싶지 않아 도라지가 되었나
온몸 안쓰러운 진흙더미 위에서
피워 올린 꽃인가 잿더미인가
마라나타 마라나타* 저무는 육신으로
가끔 하늘을 쳐다보는 그 정처定處.

* 헬라어로, 주여 어서 오시옵소서

086

이산가족 상봉을 보면서

고기를 잡으며 허한 마음을 달랬을까
거짓말처럼 봄이 왔다
하루도 빠지지 않고 밥 때가 되면
밥상 위에 올려놓던 어머니 모습을
유품처럼 가슴에 담아 왔을까
더딘 역사의 시간도 앞설 수 없었다
이뻤던 엄마를 눈에 그려온 아들은
덧나지 않고 살아온 세월을
엄마의 굽은 등을 보고 뒤늦게 알았을 것이다.

안반데기* · 6

평생 습관대로 늙은 어미가 모종을 심습니다
마른 데는 놔두고 진 데만 골라 딛은 것 같은
삶은 멀고도 길어
누추함을 서로 덮어주느라고
젊은 날이 번쩍하고 지나갔다고
두 노인 나란히 앉아 시간을 되돌립니다

빛깔 좋은 저고리처럼 떠나간 자식들이
언제든지 돌아올 수 있는 그 집
내 몸에서 난 자식들이 오늘 모두 모인다고
마구 말하고 싶은 어머니
허리는 굽고 머리가 더 하얘졌습니다

야트막한 집 백발의 두 노인
이쁘고 실한 것은 자식에게 주고
가장 못생긴 것은 내가 먹는다며
늙거나 씨앗이 될 것만 고향집을 지킨다니까
부끄러운 듯 구름 속에서 해가 뜹니다.

* 안반데기 : 강릉시 왕산면 대기리.

안반데기 · 7

육칠월 지날 때쯤, 사방팔방 하얀 감자꽃이
안반데기 허리를 일으켜 세웁니다
이곳은 아랫말보다 봄이 늦어 꽃피는 시절도 늦습니다
이곳에서 흘러간 길들은 있는 것보다 없는 것이 더 많던
시절이 귓가에 남아 있습니다
높이 뜬 구름과 말매미 울음소리에 안반데기는 더 높이 휘어
집니다
허리와 눈꺼풀이 짜부라든 엄마는, 꾸던 꿈마저 꾸듯
이른 잠 청하는 모습, 자식보다 더 오래된 풍경입니다
끌끌한 자식들이 모셔 가길 원하지만
잔등을 쓸어 주는 바람이 있어 안반데기가 좋다고
꿈속에서도 손사래를 칩니다
한 철을 놀던 소도 꾀가 나는지 영 말을 듣지 않습니다.

안반데기 · 8
— 아버지

초록을 골라 나뭇가지마다 봄 칠을 하고
부드러운 황금색을 골라 가을을 여물게 하는
사뿐한 여백
얼었던 땅을 어르고 달래어
능선을 펼쳐 팽팽하게 당겨 놓은 힘은
아버지의 부끄럼 없는 운필運筆법일 것이다

누군가 올 날을 기다리며 군불 때던
정을 드러내지 못하는 시대에 사신 아버지는
대신 장작을 가득 쌓아두었나 보다
갓 뜯은 담배 한 갑을 흡족해하며
물리지 못해 살아온 날들을 견디느라
허리 펼 날 없던
사진틀 속 아버지는 호리호리했다.

안반데기 · 9

문을 열면 쏟아지는 불빛처럼 저녁이 와 있습니다
밤하늘을 문지르면 은하수가 쏟아질 것 같은
언뜻 부는 바람에도 가을과 겨울이 자리를 바꿔
허기진 눈발도 길을 떠나 곧 올 것입니다
먹고 돌아서면 밥때인 산골 풍경은
시간이 느려 여백 많은 그림 같습니다

멀 것만 같던 가을이 내 뜰의 산등성에 가만가만 기대오면
깊이 모를 마음 안개가 슬쩍 덮어주고 갑니다

애면글면 산언덕을 올랐다는 기억보다
산새들이 물어 다 준 다정한 가을 한 철이 고마워
할머니는 밭 가에 앉고
다람쥐는 바위 옆에 앉아 발바닥을 주무르고 있습니다
저녁연기 아래 안반데기가 잘록합니다.

안반데기 · 10

백두대간을 펼쳐놓고 보니 품에 맞게 구성집니다
농사는 돈이 안 된다며 밭 가에 던져 놓은 돌무더기와
소쩍새 울면 흉년이 온다고
쑥국새가 쏙닥거리는 대낮이 있습니다

고랭지 배춧값이 바닥을 칠 때
옥빛 하늘은 마음을 풀어헤치라 하고
산새들은 노래하며 살자 하니
깊이 모를 마음만
밭둑에 조팝나무 꽃처럼 흔들립니다
접동새가 괜찮아지겠지 걱정은 접어놓으라고
접동 접동 일러주고 가면
막 떠오른 초저녁별이 여우같이
긴 꼬리를 그으며 우리 집 뜰까지 와 구르기도 하여
거기, 자작나무 빽빽한 백두대간이 다 내 것인 듯합니다.

제 **4** 부

지구 반대편에
와서

산티아고

사람이 모이는 곳엔 언제나 음악이 있다
칠레 사람들의 음악과 춤은 일상이다
소리 나는 모든 것이 악기가 되고 움직이면 춤이 된다
마른 몸에 강렬한 몸짓 광부들은 노예였다

그들의 관심은 무엇이었을까
콜럼버스(Columbus)가 담배를 만병통치약처럼 소개했던 것처럼
석회동굴은 축복이다
박물관에서나 전시되어 있을 것 같은 차들이 시내를 달린다
건물들은 올드카보다 시간이 더 거슬러 올라가야 할 것 같다

한때 노예로 살았던 사람들이 주인으로 살고 있는
칠레의 문화는 웃다가도 울컥 다가오는 슬픔
낯선 길 위에선 말이 많아진다.

지구 반대편에 와서

잉카의 심장 볼리비아 그 어디에서도 빛깔을 내는
태양보다 더 뜨거운 볼리비아 사람들이다

바람 한 점 불지 않는 사막
비가 오지 않는 사막지대에서
우산 장수를 만난 건 의외였다
사막이 아름다운 것은 오아시스가 아니라
현대인들의 셔터 소리가 싱그러웠다

성모마리아가 굽어보는 인디오의 땅
자연과 사람이 서로 바라보며 풍경이 되는
삼천칠백 미터 안데스 고원에서
샴포냐(zamponia)와 케나(quena)* 음률이
왠지 구슬프게 들린다

다양한 색깔을 가진 텔레페리코**라파스 밤 풍경이다
새해가 시작되면 그들의 불꽃놀이는
하마터면 불 날 뻔했던 도시를 재현하는 불꽃놀이라고 한다

아이를 보자기에 둘러맨 모습이

익숙하듯, 아득하듯 문명으로부터 떨어져 살아가는 순수 인디오

열정적이고 낙천적으로 하나가 되는 모습이다

지구 반대편에 와서 살아보려는 청년들과

'태권도'란 우리글과 우리 국기를 보니 콧등이 시큰해진다.

* 삼포냐와 케나 : 안데스의 전통 피리.
* 텔레페리코 : 라파스는 케이블카가 대중교통이며, 스페인어로 케이블카임.

루앙프라방*시장

루앙프라방 야夜시장
맨땅에 두 아이를 눕히고 구걸하는, 나 어린 엄마
내 몸을 휩싸는
"낭쓰-내" (도와주세요)
엄마의 마음을 아는지 아이는 뒤척인다

맨땅에 곤한 잠 누인 풀꽃 같은 아이야
무슨 꿈을 꾸고 있니?
왓 씨 사켓 사원寺院에서 많은 사람이
빌던 복은 다 어디로 갔을까
어린 것, 가지런한 잠에 내 마음은 헝클어진다
어둠에도 묻히지 않는 불탑
사원 밖에 나와 앉은 불상佛像들이 관광객을 구경한다

얼기설기 엮은 판잣집 너머 길거리 이발소
이발 도구엔 세월이 멈춰 버린 듯한
오래전 우리 생활과 얼추 비슷해 보이는 모습이다

메콩강을 닮은 작은 씨앗 같은 아이들
그 눈 속엔 별도 있고 꽃도 있어
내일은 희망이라고
알몸의 아이가 손나팔을 불며 맨발로 내뛴다.

* 루앙프라방 : 라오스 북부 도시.

지지 않는 꽃

별을 좋아하던 사내는
하늘이 가까운 남미南美 땅에 내려와 목동이 되었다

푸른 풀밭 라마를 보며
사슴이 끄는 썰매를 생각하고 있는 사내는
수르나이*(surnay)를 만들어 불어 그만
콘도르는 날아가고* 애수哀愁는 깊어졌다

가끔 구름이 그림자를 만들며 안데스산맥 골짜기를 지나듯
진지한 얼굴로 다가서는 오래된 친구 같은 남미의 저물녘
피리 소리 들릴 듯, 말 듯
내 마음 한쪽에 물 드는 지구 반대편의 감미롭던
한 가락 그 소리 속에 쓸쓸함도 새겨지는

목가적牧歌的인 풍경
유적遺跡처럼 적막한
먼 훗날 지지 않는 꽃으로 무장무장 피어나리.

* 수르나이 : 대나무로 만들어 목동들이 불던 일종의 피리
* 콘도르는 날아가고 : 안데스의 전래민요.

라오스

라오스를 감아 흐르는 메콩강
상류에서 실려 온 진흙물 위로 산수화를 풀어 놓는다

2019년 3월 라오스 햇볕은 따갑다
여름이 만발하여 물씬 풍기는 매미 소리에
하늘 한쪽이 발갛게 물들고
신의 완벽함을 말로 표현할 수 없는
금빛 물결 위로 저녁은 천천히 온다

미운 짓을 한 이유로 산골로 쫓겨났다는 몽족*
몽족 음악을 엘피판으로 들려주는 조용한 찻집
여인의 눈빛도 깊어
시간이 멈춘 듯, 지금도 아련한

가는 사람이 많으면 그게 길이라고
메콩강 저녁 강둑에 앉아 라오스를 노래하는 청년과
강물 위에 음표처럼 떠가는 쪽배는 라오스를 닮아 순수하다.

라스베이거스

사막, 뜻밖에 내린 눈처럼
바위 표면에 상형문자는 무엇을 말하는 것일까
만리장성을 쌓고도 남을 바위를 깨고
만들었다는 후버 댐
댐 하나를 두고 1시간의 시차가 있다니 농담 같았다
호텔 창문을 통해 보이는 시내 전망
밤이면 깨어나는 도시 불빛과
개성 넘치는 사막 도시를 가득 메울 만큼 많은 관광객들
그들이 걸어갔을 길을 따라 걸으며
나의 황혼은 어떤 모습일지 궁금해졌다
바람 한 점 불지 않는
콜로라도강은 말발굽형으로 흐른다
눈을 사로잡는 화려한 분수 쇼
저마다의 테마를 가지고 호텔도 또 다른 별천지다
진귀한 볼거리 그냥 지나치기 아까운 샹들리에가
눈길을 사로 잡는다
이 도시가 아니면 볼 수 없는 산타 차림의 모델들
라스베가스의 어제가 궁금해서 박물관을 찾아간다

작은 오두막은 실제 집을 그대로 옮겨 지은

한 세기 전 라스베이거스의 풍경

길은 언제나 도시를 발전시켰다.

모라이*

땅 아래서 보면 전혀 보이지 않는 모라이
올라서야만 내려다보이는 선은 아름답다

인디안 식량, 감자
색동옷 닮은 옥수수
눈으로 보면서 믿어지지 않는
잉카인들은 과학자이기도 했지만 유능한 농부이기도 했다

부족한 산소 때문에 심장은 크고 키가 작다는,
머리에 걸치듯 쓴 모자와
알록달록한 치마를 입고 오고 가는
원주민 여자들은 하나 같이 직조織造의 여왕이다

황금은 약탈당하고 돌벽만 남은
잉카인들의 땅, 세계인들이 꿈꾸는 유적지
잉카의 문명은 놀랄 만큼 정교했다
세상의 아침이 가장 먼저 밝아오는 층층 계단
태양의 그림자 속도에 맞춘 잉카인들

그들이 남긴 숨결일까
돌은 온기가 남아 있다
저 위대한 우주에 발을 딛고
밀입국자처럼 서서
고단하게 느껴지는 계단식 논밭을 바라본다.

* 모라이 : 잉카의 유적지

장가계長家界

중국은 만리장성만 있는 것이 아니었다
아침부터 비는 안개를 데리고 와
우주여행을 떠나듯 비장한 모습으로
내가 몰랐던 세상과 삶의 방식을 만났다

한글로 속기해 놓은 이름들을 어눌하게
외치는 이천 원,
마음을 바꾼 듯 안개가 걷히자
묘족 여인이 꽃을 팔고 있다

이천 만 년 전에 만들어졌다는 황룡동굴
48만 평방킬로미터 중국 돈 1억 보험에도 들었다는
석순과 종류석이 이 땅의 것이 아닌 듯
영화도 찍었다는 부용진에서 눈에 띄는 것은
토 가족이 만든 대나무 제품들
우리들의 삶의 방식과 많이 닮아 있다

높이 326미터 엘리베이터는

1분 30초 만에 백룡을 지상으로 내려 앉혔다
남방문화의 독특한 음악과
죽어서도 권세를 누리고 싶은 부족들의 동상
그들의 야성은 아직도 살아 있다.

로스엔젤레스

도시의 선과 디자인이 예술이다
동서양의 다문화 콘서트홀 2천 2백석 웅장하다
음악을 싣고 여행을 떠나는 나무배 모양이라고 한다

멕시코 인들이 시작했다는 올베라 거리
주인 의식을 갖는 우리 동네 골목 시장 같다
미술에 재주가 없는 내가 둘러 본
피카소 작품은 내가 아는 작품과는 거리가 있다

다리 위에서 바라보는 풍물시장
나도 사람들 속으로 들어갔다
앵무새를 가지고 나와 장사를 하는 사람도 있고
비치발리볼이 모래밭을 뜨겁게 달구는
파도 소리에 몸을 씻는 산타모니카 해안
태평양 바다가 시원한 풍경을 선사한다
바다를 배경으로 가는 곳마다 음악이 있고 자유로움이 있어
도심 속 다양한 재주꾼들이 살아가는 LA는 해안 도시다.

빠차마마* pachamama

해발 3천 미터를 오르자 안데스산맥이 보이기 시작했다

창밖은 안개가 드리워져 밖이 보이지 않는다

해발고도 3600미터 숨이 차다

아무도 가지 않았던가

새 소리가 무릎까지 푹푹 빠진다

시간은 빠르게 흘러가지만 마을은 오래전 모습이다

돌이 깔린 길바닥, 오래된 골목을 걸어봤다

고대문명 돌 지붕은 흘러내리지 않게 돌 침을 박아놨다

스킬로 만든 식탁 오래전 정성이 느껴진다

날씨는 안개인지 구름인지 모를 정도로 흐려 있다

천 년 전의 모습도 오늘과 같았으리라

어떤 날은 잉카족 여인들과 무지갯빛 비단을 짜는 꿈을 꾸며

널따란 무지갯빛은 세월만 강물에 환영처럼 불러왔다

토착민 여인들은 그들이 사는 곳으로 돌아갔고

나는 내가 사는 곳으로 돌아왔다

단단하다, 인류가 있는 한 영원히

* 빠차마마 : 페루 지역, 잉카어로 "대지의 어머니"라는 뜻.

안데스산맥*(Andes山脈)

산 밑으로 흘러가는 구름의 고요
커피 향처럼 울창한 숲은 올라갈수록 고개를 세운다

세상에서 가장 긴 나라 칠레 파타고니아*(Patagonia)
야생 과나코의 편안한 모습 그들의 영역에 찾아온 여행자들

먼 옛날 빙하가 휩쓸고 간 자리 숲속 오아시스가 위로가 되어
준다
지구를 한 바퀴 돌아도 자연의 아름다움은 똑같다
순간 마음이 달뜨며 걸음에 속도가 붙는다
빙하가 녹아내려 옥빛으로 빛나는 호수
암석에 따라 호수의 물빛이 다르다고 한다

눈앞에 있지만 도무지 믿기지 않아 마음에도 렌즈를 달아 본다
바람에 몸을 맡기며 걸음을 옮긴다
풍경을 쫓는 사진작가들로 인해 아침부터 분주하다
지칠 줄 모르는 바람이 숲을 만들었다면 만년설이 만들어 낸
습지

이어달리기하듯 늘어선 풍경들
이조차 누군가는 지키지 않고
또 누군가는 지키기 위하여 팔을 걷어부친다

멀찍이 바라보는 풍경이 더 아름다운 파타고니아
신의 선물 같은 이런 자연을 볼 수 있다는 것은
안데스의 바람이 능선 위까지 차올라
턱, 하고 막혀오는 숨 때문이리라.

* 안데스산맥 : 남아메리카 대륙의 서쪽에 있는 세계에서 가장 긴 산맥.
* 파타고니아 : 남아메리카 콜로라도강 이남 지역.

마추픽추*(Machu Picchu)

산 페드로*(San Pedro)역에서 관광열차를 타고 가는 동안
하늘만 보여주는 적막함
안데스는 장엄한 골짜기를 내 눈으로 밀어넣었다

덕수궁 돌담길이 시구를 떠오르게 한다면
각을 맞추어 쌓아 올린 돌의 도시
잉카의 석벽은 사람들을 겸손하게 만든다

나무등걸에 자리 잡은 난蘭들이
가느다란 새소리도 걸어 놓았다
해발 2400m 첨단 위에 서 있는 공중 도시

우르밤바, 생生의 물줄기는 아마존을 만나 밀림을 펼쳐놓는다
널따란 풀밭 라마가 제 새끼를 데리고
삶의 솔기를 헤쳐 나가고 있다
어미가 있는 쪽을 보지 않는 듯 가끔 살핀다

저들에게도 제 세상이 있다는 것일까

어린 두 놈 발길질이 제법 당차다
어린 것 눈앞에 두고 사는 것은
사람이나 짐승이나 다를 바 없다고
안개는 그 틈에서 바위에 난 얼룩의 밑단을 보여주었다

세상을 덧칠하고 온 나를 고향을 묻듯 반짝이는 햇살
한 시대의 연대기가 쏟아지는 그 행간에서 밀입국자처럼 서 있다.

* 마추픽추 : 페루 중남부 안데스 산맥에 있는, 잉카의 성곽 도시가 있던 터.
* 산 페드로 : 쿠스코에서 마추픽추로 가는 역.

그리운, 페루

찬란하게 그들만이 피워낸 문화
희망을 얘기하는 대학가에선 밝은 빛을 노래한다
내가 알고 있는 노래를 그들도 알고 있다는 것은
왠지 친구가 된 것 같다

산간지방이 아니어서일까
창문마다 그림을 그려 넣는 여유가 있다
그림을 보고 있으면 그림 속 인물과 마주하고 있다는 착각이
들었다
이름 모를 피아니스트의 음색 짙은 연주는
애환과 전설이 담겨 있는 페루를 닮았다

태어나면서 뿌리 깊은 신앙심과 용서와 화해를 배웠으리라
정복자가 지나간 슬픈 요새를 말없이 지키고 있는
2월의 해는 길다
신시가지 위에 구시가지,
광장 한복판에는 폭탄 떨어진 흔적이 그대로 남아 있다

그들이 목숨 바친 세상은
그들이 꿈꾸던 세상이 되었을까
오래된 올리브 나무 공원과 파란 하늘을
마음에 두고 때때로 그리워진다.

미얀마

생일보다는
자신이 태어난 요일을 중요시 여긴다는 사람들
양곤의 밤은 힘이 넘친다
대지를 훑어오는 역사의 바람
도화지를 접었다 편 듯 물 위에 구름이 떠 있다
모든 것이 호수에서 생겨나고
호수에서 사라진다는 생각이 들었다
가난은 고단한 삶을 불러왔지만
그들의 열정은 봄날의 소풍과도 같았다
도리를 지키며 살아가는 순박한 축복의 나라
멋있는 산이 있으면 불탑을 세운다는 미얀마 사람들

불교적인 국가에 성당이 가끔 보인다
카얀족 다랑이논이 야무져 보인다
목에 황동 고리를 한 카얀족 여인
반갑게 카얀족 인사를 한다
용의 형상을 닮기 위함이라는
청동 고리 링에 대해 설명을 하는데

목에 난 상처를 보니 마음이 짠하다
작은 시장 골목 찻집 간판 밑을 지나가는
카얀족 여인 민낯의 웃음이 싱그럽다.

우유니 소금사막

우주의 행성에라도 온 듯
이정표 하나 없는 사막
사막에 깔려있는 소금만 백억 톤이라고
물 한 방울에도 감사의 마음을 전하는
순수 인디오들 해처럼 맑다

'콘도르는 날아가고'
잉카의 음악은 애수哀愁가 깊다
잉카인들의 자부심이 남아 있는
안데스의 진정한 주인으로
노래 부를 수 있기를
호기심에 먹어 본 물,
내가 먹어본 물 중에서 가장 짠물은
볼리비아의 힘이었다

염전은 없고 염전만 있는 나라
얼음장같이 절여진 소금사막이 만들어낸
신비스럽고 원초적인 나라

사막이 아름다운 건 오아시스 때문이 아니고
사막을 바탕으로 살아가는 인디오들 때문이다.

아르마스 광장

백 년 동안 지었다는 쿠스코 성당
거대한 예수상이 도시를 보고 있다
문화와 예술, 갈채보다는 장애물이 더 많아 보이는 거리
조용한 거리에서 남자의 고독한 예수 퍼포먼스에
사람들은 관심을 두지 않는다

바닥도 돌인 골목
행복한 일이 많으면 삶이 단단해질까
전투는 역사가 되고 지금은 여행객의 천국이다
한국 관광객을 위하여
화려한 야경을 배경으로 아리랑을 연주한다
아리랑을 들으니 고향 생각이 났다

한국의 노래가 페루에서도 별이 되는 신기한 시대
벽면의 성화들, 천년 넘게 이어온 믿음의 고리들
하늘을 받들고 있는 첨탑 아래 바닥도 돌인 골목
중세의 파이프 오르간에서 나오는 음악이 몸을 감싼다
최후의 만찬, 가톨릭 흔적이 깊다.

인생의 고통과
무상함에 대한 삶의 자세

이 영 춘

(시인)

인생의 고통과
무상함에 대한 삶의 자세

이 영 춘
(시인)

1. 시인의 인간미와 인간애

정정하 시인의 두 번째 시집 원고를 읽으면서 문득 니체의 말을 생각하게 된다. 니체는 그의 저서 『비극의 탄생』에서 예술에 부여하는 결정적인 의미가 즉 삶과 세계는 미적 현상으로서만 정당화될 수 있다고 본다.

"시는 이 세계를 압축적으로 표현된 것이라고 할 수 있다. 인생의 고통과 무상함에 직면해서 인간은 이 세계에서 계속 살 것인지 아닌지에 대해서 고뇌하게 된다. 이러한 고뇌로부터 이 세계에서의 삶을 정당화하고 시인(是認)하는 다양한 방법들이 나타나게 된다. 니체는 인류 역사상 나타난 다양한 종교, 예술, 도덕, 심지어 학문도 이 세계에서의 삶을 정당화하는 방법이라고 본다. 그러나 니체는 이러한 다양한 방법들 중 어떤 것은 인간의 삶을 허약하고 병들게 만들거나 천박하게 만든다고 본다. 예를 들어 기독교는 지상의 삶을 천상으로 이행하는 다리로 봄으로써 이 지상의 삶에 의미를 부여하고 그것을 정당화하려고 한다."

정정하 시인의 시는 침묵 같은 시라고 나는 정의한 적이 있다. 항상 말없이 삶과 인생을 사색하고 관조하며 현상적인 것, 즉물적인 것들과 교감한다. 그 속에는 삶의 어떤 깊이가 있고 내면적인 사유가 깊게 자리하고 있다. 그러므로 그의 시는 매우 진중하고 사색적이다. 인생을 심도 있게 되돌아보게 한다. 그런 내면에는 인생의 아픔과 슬픔과 애련함이 공존한다. 니체가 말한 '인생의 고통과 무상함에 직면"하여도 그는 묵묵히 침잠하여 시로 승화시킨다. 이것이 정정하 시의 마력이고 침묵 같은 시다.

정정하 시인은 그의 첫 시집 『안반데기』(2015년)에서도 가난하게 사는 서민들에게 따뜻한 시선의 인간애가 넘치는 시를 남겼다. "안반데기"는 강릉시 왕산면 대기리에 있는 지명이다. 이 곳은 화전민들이 밭을 일구어 살던 곳이다. 이 시의 중심 주제는 그 어려운 환경 속에 사는 서민들의 애환이 숨 쉬고 있다는 것을 어폴로치approach 시킨 작품집이다. 이번 시집에서도 「안반데기」 5편이 후속편으로 실려 있다. 그만큼 정정하의 인간애와 인간미가 풍기는 작품성을 엿볼 수 있는 시로 주목할 만하다.

그리고 이번 시집 『터미널에 비가 온다』의 또 하나의 특성은 원형적인 현장감이 두드러진 시적 승화의 작품이 주류를 이루고 있다. 과학자는 현상적인 관찰을 중시 여겨 사물의 속성과 이치를 논리화 한다. 정정하 시인은 예리한 촉수로 사물과 사건과 자연, 혹은 여행지에서 보고 듣고 느낀 정서를 삶과 연관시켜 시적으로 승화시켜 내는 기법이 그의 특징이다. 그런 그 정서 속에는 항상 인간의 존재적 의미와 가치, 또는 내면적 성찰의 고뇌가 동반한다.

이제 실제로 그의 작품을 감상해 봄으로써 그의 시 정신과 시 세계를 따라가 보자. 우선 제1시집의 후속편인 「안반데기 7 · 9 · 10」를 보기로 하자.

육칠월 지날 때쯤, 사방팔방 하얀 감자꽃이
안반데기 허리를 일으켜 세웁니다

이곳은 아랫말보다 봄이 늦어 꽃피는 시절도 늦습니다

이곳에서 흘러간 길들은 있는 것보다 없는 것이 더 많던

시절이 귓가에 남아 있습니다

높이 뜬 구름과, 말매미 울음소리에 안반데기는 더 높이 휘어

집니다

(중략)

끌끌한 자식들이 모셔 가길 원하지만

잔등을 쓸어 주는 바람이 있어 안반데기가 좋다고

꿈속에서도 손사래를 칩니다

한 철을 놀던 소도 꾀가 나는지 영 말을 듣지 않습니다.

—「안반데기 · 7」 부분

문을 열면 쏟아지는 불빛처럼 저녁이 와 있습니다

밤하늘을 문지르면 은하수가 쏟아질 것 같은

언뜻 부는 바람에도 가을과 겨울이 자리를 바꿔

허기진 눈발도 길을 떠나 곧 올 것입니다

먹고 돌아서면 밥 때인 산골 풍경은

시간이 느려 여백 많은 그림 같습니다

—「안반데기 · 9」 1연

백두대간을 펼쳐 놓고 보니 품에 맞게 구성집니다

농사는 돈이 안 된다며 밭가에 던져 놓은 돌무더기와

소쩍새 울면 흉년이 온다고
쏙독새가 쏙닥거리는 대낮이 있습니다
고랭지 배춧값이 바닥을 칠 때
옥빛 하늘은 마음을 풀어헤치라 하고
산새들은 노래하며 살자 하니
깊이 모를 마음만
밭둑에 조팝나무 꽃처럼 흔들립니다
접동새가 괜찮아지겠지 걱정은 접어놓으라고
접동 접동 일러 주고 가면
막 떠오른 초저녁별이 여우같이
긴 꼬리를 그으며 우리 집 뜰까지 와 구르기도 하여
거기, 자작나무 빽빽한 백두대간이 다 내 것인 듯합니다

— 「안반데기 · 10」 전문

시인의 눈은 예리한 관찰자의 눈이어야 하고 머리는 철학자
의 사유라야 한다는 말이 있다. 화전민들이 개척한 자연의 한
축인 "안반데기"에서의 서민들의 애환을 시인은 애련한 정서
적 충동으로 이미지화한다. 산촌의 정경 묘사와 산촌 사람들의
삶의 모습이 애잔하게 환유되고 있어 시적 묘미는 물론 정정하
의 인간애를 한껏 느끼게 한다.
"문을 열면 쏟아지는 불빛처럼 저녁이 문 앞에 와 있고""하

늘을 문지르면 은하수가 쏟아질 것 같다"는 이 배경 묘사는 긴 여운으로 남는다. 그리고 "언뜻 부는 바람에도 가을과 겨울이 자리를 바꿔 앉는다"(「안반데기 · 9」)라는 비유는 계절의 순환을 감각적 이미지로 살려낸 묘사의 극치다. 이렇듯 「안반데기」 5편은 하나같이 시적 의미망과 시의 형식이 조화롭게 등가(等價)를 이루고 있어 일품이다. 그리고 내재되어 있는 의미망은 서민들의 삶이 잔해처럼 녹아 있어 큰 울림을 준다. 이렇게 작자는 요란하게 드러내지 않으면서도 은은하게 그 의미망을 함의하고 있어 시로서의 가치를 격상시킨다.

"육칠 월 지날 때쯤, 사방팔방 하얀 감자꽃이/ 안반데기 허리를 일으켜 세웁니다" "이곳에서 흘러간 길들은 있는 것보다 없는 것이 더 많던/ 시절이 귓가에 남아 있습니다"(「안반데기 · 7」) 은 바로 이렇게 흘러간 시간과 돌아올 시간에 대하여 담담하게 생을 맞고 보내는 자세로 서민들의 삶을 대변한다. "끌끌한 자식들이 모셔 가길 원하지만/ 잔등을 쓸어 주는 바람이 있어 안반데기가 좋다고/ 꿈속에서도 손사래를 칩니다"(「안반덕이 · 7」)라고 그네들의 삶을 형상화한다. 그들의 삶을 그려내는 화자(persona)도 그들과 한 몸이 된 듯 "잔등을 쓸어 주는 바람과 함께 '안반데기'에서 허리를 펴고 일어서는 듯한 영상으로 합일을 이뤄내는 심상이 바로 정정하의 인간미다.

2. 서정시인의 형상

정정하 시인의 시는 참으로 담담한 듯하면서도 그 내면에서 숨 쉬고 있는 삶의 애환이 독자의 마음을 사로잡는 흡인력이 있다. 그 이유는 우리네 삶의 비극적 요소와 인식을 그 바탕에 깔고 있기 때문이다. 니체는 말한다. "서정시인의 형상들은 바로 그 자신이며, 자신의 다양한 객관화에 지나지 않는다. 이 때문에 그는 저 세계를 움직이는 중심으로 '나'라고 말해도 되는 것이다. 다만 이러한 나는 깨어 있을 때의 경험적-현실적인 인간이 아니라 진실로 존재하는 유일한 자아, 그리고 사물의 근저에 자리 잡은 영원한 자아"라고 강조한다. 바꿔 말하면 삶의 애환 속에는 자아가 있고, 자아의 삶 속에는 애환이 점철되어 있다는 이데아(idea)적 진리다.

정정하 시인은 삶의 애환을 이렇게 객관화하고 있다. 마치 남의 이야기를 하듯 담담하게 초연하게, 그러나 그 속에는 애잔한 아픔이 전율로 다가온다. 「길목」 「女」 「오일장」 등의 작품을 비롯하여 이 시집의 제목이 된 「터미널에 비가 온다」는 우리들 정서의 일면을 들킨 듯 울컥 가슴을 저미게 한다.

터미널에 비가 내린다
어느 한 부분을 잃어버린 것처럼

너를 보내고 길목마다
창에 어리는 모습 간절하다
버스 창밖 어미의 그 손사래 속에
지나온 길들이 울컥 쏟아진다
네가 발랄하게 흔드는 손이

오늘따라 가슴을 훑는다
지나온 저편 기억만이
차창에 빗물처럼 흘러내린다

나를 부르는 것 같아 뒤돌아보는
버스는 그렁그렁 빗방울을 매달고
대관령을 넘어간다
길게 늘어 난 길을 따라간다
이젠 아무것도 그립지 않다고 끼워 넣는
그 공백에 네가 살고 있구나
힘껏 밀어주지 못한 마음으로 너를 보내고
비가 오는 터미널에서
내가 시집오던 날만큼 울었다.

— 「터미널에 비가 온다」 전문

"서정시는 '정(情)'을 뿌리로 한다."고 당나라 문장가 백거이 (白居易)는 말한다. '情'은 사물에 부딪혀 일어나는 온갖 감정, 즉 '정서(emotion)'를 뜻하는 것으로 서정시(lyric)의 특성이다. 바로 이런 시가 우리의 감성을 공명하게 하는 이유다. 자식을 멀리 떠나보내는 부모의 심정을 이만큼 꽉 차게 그려내기란 쉬운 듯하면서도 결코 쉽지 않다. "이젠 아무것도 그립지 않다고 끼워 넣는/ 그 공백에 네가 살고 있구나"라고 진술한다. 자식은 이렇게 부모의 허한 공백을 꽉 채워주는 존재다. 누구나 이런 정서는 다 갖고 있으면서도 그것을 이만큼 시적 표현으로 승화시켜 내는 데서 시인의 능력이 가름된다. 자식과 부모의 애틋한 '정서'를 교감하는 시로 다음의 한 편을 더 감상해 보자.

"챙겨서 드시지 그래요!"

나는 먹던 밥상을 치웁니다
잔소리꾼 딸이 왔으니까요

약해지지 않으려고
한참 동안 딸아이의 말을 들어 줍니다

또록또록 떨어지는 맑은,
빈 말이라도 희망을 얘기하는 불빛입니다

입덧으로 먹고 싶었던 찐빵을
아직도 못 잊는 것처럼

언젠가는 날아갈,
새끼 제비 없는 밥상을 눈 속에 그려 넣습니다

고슴도치가 된
나의 마당에 어느새 가을이 깊어집니다

그래, 밥 먹자,
밥상을 다시 펴는
―니가 있어 참 좋다.

―「제비꽃 ― 딸」 전문

참으로 아름다운 사랑의 시다. 아무것도 아닌 듯 담담하면서
도 전율로 다가오는 이유는 무슨 마력일까? 엄마와 자식의 묵
언 같은 대화 속에 깃든 이 사랑의 표현은 아무나 흉내 낼 수
없는 시적 승화다. 이는 화자의 심중에 자리하고 있는 묵언 같
은 진정성 때문일 것이다. "고슴도치가 된/ 나의 마당에 어느새
가을이 깊어집니다" 딸과의 대화 속에서 엉뚱한 소리로 배경

을 설정하는 기법 또한 뛰어난 묘사다. 「서울 가는 버스」 「준범이」 등 정정하의 시는 편편마다 인간애가 넘친다. 이번에는 작자가 자신의 엄마를 바라보는 시선의 시를 살펴보겠다.

엄마의 달력은
삼백예순날들이 팽팽해져 막막했으리
그믐처럼 캄캄한 저녁보다
찰랑, 이슬 맺힌 아침이 더 막막했으리

날이 저물어도 저물지 않는 첩첩산중 같은
그러나 지금 생각하면 저미는 가슴께로
답장을 쓰듯 한 줄기 바람이 지나간다

"잘 될 거야"
흙 묻은 손으로 등을 밀어주던 그 말이
껍질도 없이 왜 이리 오래 아픈지
생의 끝에 섰을 때나 생각났을 그 말
달력과 조우遭遇하고 앉아
굽은 등을 생각하는 흐린 저녁
식은땀을 꺼내며 가끔 소다가루를 먹던 엄마
아직도 쿵쿵 가슴에 남아
산 그림자가 고요히 시계를 맞추면

어머니의 그림자가 더 길어진다.

— 「엄마의 달력」 전문

"자고 낼 갔으면 좋겠다"며
따라 나오시던 어머니도 떠났다
어미가 된다는 것은
산동네 눈이 푹푹 쌓이듯
속을 내어 주는 것
쪽진 머리 곱던 어머니 계신 듯
눈이 온다

— 「어머니 · 3」 2연

사실 시를 해설한다는 것은 어쩌면 시 위에 덧옷을 입히는 것 같아서 멈칫 망설여질 때가 있다. 형식론자들 중에는 "시를 설명하는 것은 그 시를 죽이는 행위"라고 평하는 것을 들은 적이 있다. 읽고 느끼거나 듣고 느끼게 하면 된다는 논리다. 다소 수긍이 가는 말이다. 특히 서정시에서는 더욱 그 말에 일리가 있다고 여겨진다. 「엄마의 달력」을 읽으면서 문득 그런 생각이 떠올랐다. 더 설명할 것도 없이 잘 짜여진 한 필의 피륙처럼, 읽는 순간 정서적 울림이 그대로 전달되었기 때문이다. 특히 찡-

하게 울림을 주는 시행들, '"잘 될 거야"/ 흙 묻은 손으로 등을 밀어주던 그 말이/ 껍질도 없이 왜 이리 오래 아픈지// 굽은 등을 생각하는 흐린 저녁(「엄마의 달력」)'은 그 배경 설정으로 긴 여운이 가슴을 서늘하게 한다. 또 시인은 "어미가 된다는 것은/ 산동네 눈이 푹푹 쌓이듯/ 속을 내어 주는 것"(「어머니 · 3」) 이라고 자식을 위해 희생하는 부모의 마음을 눈[雪]에 비유하여 표현한다. 부모 자식 간의 애틋한 사랑을 이토록 절절하게 표현한 시도 흔치 않으리라 생각된다.

3. 정서의 객관화

정정하 시인은 르포라이터처럼 현장감이 뛰어난 시를 잘 쓴다. 1부와 4부에 배열된 시가 대부분 어떤 지명이나 여행지에서 보고 듣고 느낀 정서를 직관적 감각으로 묘사해 낸 시가 많다. 작가는 누구에게나 정서적 체험이 좋은 글감이 된다. 일찍이 라이너 마리아 릴케(Rainer Maria lilke)는 "시는 체험이다."라는 말로 정의하지 않았던가!

정정하 시인의 시적 소재는 여행지에서 보고 느낀 자연의 풍광, 역사적 탐색 등 많은 현장과 현상의 '정서적 체험'으로 얻어진 소재를 주로 다루고 있다. 역시 간과할 수 없는 그의 시 중에서 불운한 역사의 현장을 암시하는 「팽목항, 민들레」와

「이산가족 상봉을 보면서」란 작품이 있다. 역사의 한 페이지를 펼쳐 보듯 그는 이렇게 노래한다.

노을의 울음을 잠재우려고
일몰이 찾아드는 팽목항
바람에 나부끼는 민들레 꽃잎처럼
나풀대던 모습은 간 데 없고
너의 꿈같은 싯푸른 물결만 출렁인다

스님의 바라춤이 잔향처럼 울려 퍼지는
2019년 4월 16일
너를 보고 싶어
날도 차지 않은데 눈이 시리다

바람의 목소리가 서늘한 팽목항
저녁 하늘보다 무겁게 느껴지는 덩굴 같은 물결이 인다
그 많던 노오란 꽃잎들 다 어디로 갔나?
빛바랜 안전모만 눈에 띄고
전단지처럼 뿌려지는 갈매기들 사이로
걸을수록 바람이 두꺼워진다
나는 오늘 한 마리 철새로 왔다가
길가에 떨어진 돌 하나 집어

괜히 시비를 걸어 본다

―「팽목항, 민들레」 전문

세상에서 기다리는 일처럼 가슴 애린 일 또 있을까
고기를 잡으며 허한 마음을 달랬을까
거짓말처럼 봄이 왔다
하루도 빠지지 않고 밥 때가 되면
밥상 위에 올려놓던 어머니 모습을
유품처럼 가슴에 담아 왔을까
더딘 역사의 시간도 앞 설 수 없었다
이뻤던 엄마를 눈에 그려온 아들은
덧나지 않고 살아온 세월을
엄마의 굽은 등을 보고 뒤늦게 알았을 것이다

―「이산가족 상봉을 보면서」 전문

이 시의 화자는 어느 날 그 역사의 현장인 '팽목항'에 갔던가 보다. 그런데 꽃송이 같던 아이들은 "바람에 나부끼는 민들레 꽃잎처럼/ 나풀대던 모습은 간 데 없다" 그리고 그들의 "꿈같은 싯푸른 물결만 출렁인다"고 환유한다. 혼을 위무하는 "스님의 바라춤이 잔향처럼 울려퍼지는데" 화자는 그 아이들인 "너가 보고 싶어/ 날도 차지 않은데 눈이 시리다"라고 진술

한다. 그 진술 너머의 아픔이 전율로 다가온다. 그리고는 "길가에 떨어진 애꿎은 돌 하나 집어/ 괜히 시비를 걸어 보는" 행위로 누군가를 향하여 울분을 내뱉는다. 정정하 시의 특성은 이렇게 침묵 같은 시 속에서 큰 울림을 자아내고 있는 여운이 강점이다.

「이산가족 상봉을 보면서」에서도 "거짓말처럼 봄이 왔다// 밥상에 올려놓던 어머니 모습을/ 유품처럼 가슴에 담아 왔다"고 우회적으로 기다렸던 그 긴긴 시간을 암시한다. 이렇게 정정하 시인은 그의 발길과 눈길 닿은 곳은 어느 곳에서나 시가 눈을 뜨고 그에게 달려든다. 처처(處處)에서 그는 그곳에 새로운 감각의 옷을 입혀 새 생명으로 탄생시키는 독창성이 압권이다.

함백산 아래
아빠! 오늘도 무사히!
휴게실은 말없이 주인을 기다리고 있다
生과 死의 무거운 생각
그 검은 노다지가 다이아몬드 아니었을까
검은 얼굴에 하얀 이를 드러내며 웃던,
석탄만 캐오는 것이 아니라
오늘보다 나을 것이라는 내일을 캐 왔다

온몸에 탄가루를 쓰고도 행복했던 기억

따뜻한 연탄 한 장이 되어
눈꽃보다 더 고운 아버지는 그 자리에 계신다
석탄더미가 산처럼 쌓여
분탄가루가 사막의 회오리바람 같아
시간마저 검게 흐르는
목숨을 걸어야 살 수 있었던
인생 막장이라 불리는 선탄부
검은 분진들이 혈색마저 먹어버린 몸으로
가난이란 지붕을 혼자 들어 올렸다.

—「사북 · 2」 전문

태백선 밤기차를 타고
먹고 살기 위해 왔던
사람들이 쏟아져 들어오고
떠나간 곳도 철암역이다
국밥집 아주머니의 대파 써는 소리로 하루가 열리고
가슴 뛰는 낯선 땅에서 뜨끈한 해장국으로
땀 냄새가 든든했던 아재들

이제는 광부라는 이름이 남긴 폐광
떠나는 기차는 할 말이 없다
기차는 서지 않아도 추억을 품고
허전하지만 초라하지 않다

시간마저 검게 흐르는

하늘과 마주 섰던 철암

두렵고 설레었던 젊음이 눈앞에 그려지듯

기억도 여행이니 오래 머물지 않을 것이다

허리 펴는 것마저도 사치였던 시절

겁도 없이 살던 영화는 사라지고

그 길 끝에 무뚝뚝하게 서 있는 철암驛

기차는 괜찮다 괜찮다고 기적을 울리는

— 「철암驛」 전문

정정하 시인의 「사북 · 2」는 2015년 제1시집에 수록된 「사북 · 1」의 후속편이다. 그는 「사북 · 1」에서 서민들의 애환을 이렇게 노래했다. "쉽게 벗어 버릴 수 없는/ 발가락이 나오는 양말 같은 곳/ 탄가루 묻은 돈으로 먹거리를 바꾸고/ 내 몸을 내놓지 않고 무엇을 얻느냐고/ 아버지는 출렁이던 꿈을 내 걸었다/ 지하 수천 미터에서 석탄을 꺼내오던/ 거대한 몸뚱이를 사람들은 막장 인생이라 불렀다"(「사북 · 1」)의 1연이다. 막장 인생이란 말이 가슴을 파고든다. "발가락이 나오는 양말 같은 곳"이라니! 이 이상 더 애절한 표현을 무엇으로 그려낼 수 있으랴!

위의 시 「사북 · 2」에서도 역시 막장 노동자들에 대한 시인의 애틋한 정서로 이어진다. "시간마저 검게 흐르는/ 목숨을 걸어야 살 수 있었던/ 인생 막장이라 불리는 선탄부/ 검은 분진들이 혈색마저 먹어버린 몸으로/ 가난이란 지붕을 혼자 들어 올렸다"고 아버지 같은 탄부들의 고달픈 한 생의 심장부를 묘사한다. 정정하의 시적 울림은 이렇게 작자의 감정이 오롯이 배제된 채 담담한 듯 살아 움직이게 그려내는 기법이 그의 시를 시로서의 가치로 격상시킨다. 정중동(靜中動)의 울림이다.

「철암驛」 역시 「사북 1·2」와 함께 강원도 탄광지대 광부들의 삶의 터전이었던 곳이다. 지금은 문명에 밀려 그들의 잔해인 듯 한숨만 배어 있는 곳이지만 생과 사의 갈림에서 목숨을 담보로 일했던 곳이다. 역사의 현장이다. 그 현장의 잔해들을 가슴 뭉클하게 그려낸 배경이 일품이다. "국밥집 아주머니의 대파 써는 소리로 하루가 열리고/ 가슴 뛰는 낯선 땅에서 뜨끈한 해장국으로/ 땀 냄새가 든든했던 아재들"의 밥줄이 열리고 닫히던 곳이 「철암驛」이다. "이제는 광부라는 이름이 남긴 폐광 지역"이다. "떠나는 기차는 할 말이 없고" 아득한 "그 길 끝에 무뚝뚝하게 서 있는 철암驛"일 뿐이다. 참 허전하고 쓸쓸한 망명정부 같은 폐광 지역에서 느낀 정서를 가슴 뭉클하게 그려놓은 수작(秀作)이다.

4. 여행자의 눈

여행은 인생에서 새로운 눈을 뜨게 하는 발견이라고 한다. 근간 "여행의 이유"란 책이 베스트셀러가 된 작가 김영하 소설가는 "여행이 내 인생이었고, 인생이 곧 여행이었다."라고 밝힌다. 이번 정정하 시집의 대부분은 여행지에서 얻어진 정서를 그려낸 작품이 많다. 1부에 배치된 「문희마을」「문곡역」「담양」「정동진」「설악에서」「울릉도」「감포항」 그리고 사찰 「감추사」, 「내소사」 등이다. 4부의 외국 여행에서의 소재를 다룬 「산티아고」「라오스」「모라이」「안데스산맥」 등의 작품은 가는 곳마다, 보는 눈마다 그는 시의 마(魔)에 빠져든다. 그중 몇 작품을 따라가면서 그의 정서에 편승해 보고자 한다.

설악이 바라보는 우리의 미래는 어떤 모습일까
첩첩산중에 이르는 길처럼
스님이 찻물을 다리고 있다
장작 패는 소리가 산을 가르는 겨울
안다고 말 할 수는 있어도
다 안다고 말하기엔 너무 깊은
설악도 눈에 갇혔다
문을 열면 방안으로 들어오는
설악을 보러 갔다가
마음만 뺏기듯 노을을 안고

생生이 기다리는 산 밑으로 내려왔다.

—「설악에서」 부분

천 년 전에도 흘렀을 밤공기
목가적牧歌的인 남도 풍경 차분하다
시간이 멈춘 듯한 가사박물관
지금은 가고 없는
옛사람들이 남긴 발자취는 영산강만큼 깊고 길어
그 틈에서도 옛날얘기하기 딱 좋은 밤이다

—「담양」 부분

지는 해는 울림이 길다
우주의 비밀을 한 자락 본 듯
앞이 보이지 않을 때
쓸쓸한 날이 위로가 되는 날도 있다

한때 나를 스쳐간 음악 폴모리아 〈에게 해의 진주〉가
더 잘 어울릴 것 같은 감포항 카페 〈왕릉〉
카페 이름을 왜 왕릉이라고 지었느냐고 물으려다 말고
찻잔이 비었는데도 나는 한참을 더 앉아 있었다

감포항은 또 누군가를 기다리며

뱃고동소리 하나 멀게 떨군다.

─「감포항」부분

위에 예시한 일련의 작품에서 느낄 수 있는 것은 절대적 우
주의 신(神)인 대자연에서 삶의 자세를 배우는 인식으로 환유
되고 있다. "안다고 말 할 수는 있어도/ 다 안다고 말하기엔 너
무 깊은/ 설악도 눈에 갇혀 버렸다"는 이런 그의 사유의 세계가
우리의 인식을 눈 뜨게 한다. 그러나 무력한 인간의 한계에서
어쩔 수 없이 "마음만 빼앗긴 노을을 안고 생生이 기다리는 산
밑으로 내려오고"(「설악에서」) 만다는 자세, 이런 자세가 바로
달관의 경지가 아닐까? 정정하는 「담양」이란 시에서도 "천 년
전에도 흘렀을 밤공기" 속에서 성현들의 숨결을 느낀다. "시간
이 멈춘 듯한 가사박물관/ 지금은 가고 없는/ 옛사람들이 남긴
발자취는 영산강만큼 깊고 길어" 아득하지만 그 시공 속에서
옛사람들의 숨결을 무언으로 배우는 자세가 암시되어 있다. 관
조적 자세와 자아인식의 자세가 합일을 이루어 우주적 사유의
세계를 인식케 한다. 「감포항」은 또 시인에게 어떤 정서로 다가
온 것일까? "누군가를 기다리며" 혹은 무엇인가를 기다리는 이
면에는 참 쓸쓸하고 외로운 자의식의 정서가 "뱃고동소리"처
럼 깔려 있다. 우리 인생은 일평생 이렇게 무엇인가를 기다리면
서 '감포항'처럼 밤낮으로 눈 뜨고 사는 것은 아닐까?

저녁의 새들이 꿈을 고쳐 꾸는 동안
강가에 줄 배는 어둠으로 태어났다

흘러가는 물소리를 문질러
강물은 자꾸 기억을 펼쳐 주는데

산다는 것은 가슴 애린 일이라고
밤이 새도록 잔별들이 일러 주었다.

— 「문희마을」 부분

서둘러 떠난 태백선 무궁화호 열차가
연화산 허리를 끊어먹고 사라질 때까지
생철조각 불끈 내지른 돌각담 밑에 쭈그리고 앉아
구겨 넣는 튀밥은 엄마의 얼굴로 입속에서 맴돈다.

— 「문곡驛」 부분

「설악에서」와 「담양」이 역사적 의미가 웅숭깊은 내용의 시라
면 「문희 마을」과 「문곡驛」은 일상의 거리에서 감상할 수 있는
소재를 차분하고 잔잔하게 노래하고 있다. "저녁의 새들이 꿈
을 고쳐 꾸는 동안"(중략) "흘러가는 물소리를 문질러/ 강물은
자꾸 기억을 펼쳐 주는데// 산다는 것은 가슴 애린 일이라고/

밤이 새도록 잔별들이 일러 주었다."는 표현들은 참으로 아름답다. 그리고는 산골마을에 홀로 떠 흐르는 '별'을 통하여 '가슴 애린' 삶의 자세를 배운다. 자연에서 배우고 자연으로 돌아가는 관조적 자세가 돋보이는 시인의 진면목이다.

5. 마무리 : 위대한 그릇 속에서

정정하 시인의 시는 한 마디로 시라는 그릇(Genre) 속에 자신의 인생을 잘 버무려 시를 시답게 만들어 내는 솜씨가 탁월하다. 그 그릇 속에 담기는 내용(Thema) 역시 알차고 단단하여 시의 맛을 자극한다. 한 마디로 엘리엇(T.S.Eliot)이 역설한 시의 형식과 내용이 등가(等價)를 잘 이뤄내고 있다는 의미다. 특히 그의 시 레시피는 일상적인 생활상과 자연이나 자연물, 혹은 각 지방의 고유명사를 인유하여 관조적 자세로 주제를 살려내는 것이 그의 시 특징이자 시 세계이다.

이제 마무리로 자연에 동화되어 자연을 찬양하는 선지자들의 말을 인용으로 끝맺으려 한다. 안토니오 교부는 "내가 신의 책을 읽고 싶을 때는 그 책은 언제나 내 앞에 있다. 대자연이 곧 그 책이다."라고 갈파했다. 또한 회교 신비주의를 서양에 소개한 하즈라트 이나야트 칸은 "세상에서 유일하게 신선한 경전이 있다면 그것은 대자연"이라고 했다.

정정하 시인은 이 선인들의 말과 같이 항상 자연과 자연물 속에서 자아를 발견하고 자아의 생을 환유하는 시로 거듭날 것이다. 그의 시 속에는 이미 자연과 시인의 정서가 잘 동화되어 있기 때문이다. 그의 「곰곰」이란 시처럼 침묵 같은 시 속에서 인생과 자연의 갈피 갈피를 위대한 시(詩)라는 그릇 속에 '곰곰'이 사유하면서 잘 담아내는 시인으로 오래오래 기억되기를 기대한다.

시와소금 시인선 119

터미널에 비가 온다

ⓒ정정하. printed in Seoul, Korea

초판 1쇄 인쇄 2020년 07월 05일
초판 1쇄 발행 2020년 07월 10일
지은이 정정하
펴낸이 임세한
펴낸곳 시와소금
디자인 유재미 정지은

출판등록 2014년 1월 28일 제424호
발행처 강원도 춘천시 충혼길20번길 4, 1층 (우-24436)
편집실 서울시 중구 퇴계로50길 43-7 (우-04618)
전화 (033)251-1195 (팩스겸용), 휴대폰 010-5211-1195
전자주소 sisogum@hanmail.net
ISBN 979-11-6325-018-0 03810

값 10,000원

🦌 강원문화재단
Gangwon Art & Culture Foundation
이 시집은 2020 강원도 강원문화재단 후원으로 발간되었습니다.